버섯의 노래

버섯의 노래

이상국 시집

Song of the Mushroom   Lee Sangguk

K-Poet Series 041

아시아

차례

1부

2부

버섯의 노래

1부

저녁의 아버지

촌길을 가다 연기 오르는 집을 보면

아버지 생각이 난다.

밥상을 물리고 나서

담배를 맛있게 피워 무는 아버지,

고목들이 그 몸에 흉터를 지닌 것처럼

아버지는 어딘가 많은 상처가 있었는데

늘 컴컴해서 보이지 않았다.

굴뚝처럼 담배만 뻑뻑 피우며.

괜히

당나귀 구경을 했다.

당나귀도 나를 물끄러미 바라보았다.

영웅처럼 길고 늠름한 얼굴에

검은 눈이 아름다웠다.

괜히 미안했다.

다리 하나

아무 생각 없이 풀밭에서 메뚜기를 붙잡았더니 다리
하나를 툭 떨구고 간다.

일부러 그런 것도 아닌데 그렇게 맥없이 다리를 버리
고 가다니……

사람의 다리는 새로 생기지 않는다. 그러나 저 높은
곳에서 달라면

다리 같은 건 하나 내주어야 할 때가 있다.

결국은

우리 마을에 오래된 도깨비가 사는데

밤길에 만나면 동무해주는 척하며

쳐다보면 볼수록 커져서

나중에는 사람을 내리눌러 데리고 가는 게 일이다.

어느 날 내가 안 보이면

세상 쳐다보고만 살던 내가

결국 그렇게 된 줄 아시길.

오줌싸개들

동네 개가 전봇대에 오줌을 싸고
파묻고 간다.
뒷발로 시멘트를 파헤쳐
묻는 시늉을 하고 간다.

어떤 동물학자가 그러는데
새나 짐승들은
위험하면 몸무게를 줄이기 위해
오줌을 싸며 날거나 달린다고 한다.

나도 어쩌다 여러 사람 앞에 설 때면
오줌이 마렵다.

산골마을 십자가

　산골 마을에 교회가 들어서고 십자가에 불이 켜지자 나무와 짐승들은 불빛 때문에 쉬이 잠들 수 없었으므로 마을의 밤은 더 깊은 골짜기에 들어가 두터운 어둠을 끌어내다 덮어주었다. 그 어둠과 불빛이 싸우며 흘리는 피로 산골마을 십자가는 더욱 붉은 것이다.

—

바다사리

김장소금 푸대가 마당에서 울고 있다.

그 큰 몸으로 온 세계를 다 돌아

우리집에 올 때까지

어느 항구엔들 안 들렀겠으며

어떤 인종을 안 만났겠는가.

그것들을 생각하며 울고 있다.

씻은 듯이

씻은 듯이,
이 얼마나 간절한 말인가.

밤새 열에 들뜨던 아이가
날이 밝자
언제 그랬냐는 듯
부르튼 입술로 어머니를 부르듯,

봄날 천방둑에서 아낙들이 무명을 바래듯,
누이가 흐르는 물에 무 밑동을 씻듯,

금 간 사랑
남모르는 상처들.

아, 씻은 듯이.

미시령 편지

젊어서는 동해를 관리하며 가난한 시인들에게
수천수만 평씩 나눠주고는 했으나

평생 그렇게 펑펑 쓰다 보니 바다도 동이 나서

요즘은 새벽에 영을 넘어가는 달이나
울산바위를 몰래 등기해놓고
숨어서 바라보고는 하는데……

미시령 편지

이른 저녁을 먹고 마당에 나섰더니

설악을 가로질러 기러기 간다.

날개 하나에 일생을 짊어지고

먼 데 나라로 기러기 간다.

따라나서고 싶다.

그때

헬렌 켈러는 희망의 한쪽 문이 닫히면

다른 한쪽 문이 열린다고 했다.

나는 뭐가 그렇게 어려웠던지

그 말이 내 속으로 밀물처럼 들어오던 때가 있었다.

나는 안 늙어요*

어제 전차를 탔다.

어떤 소년이 어른에게 자리를 양보하지 않자

어른이 꾸짖었다.

- 네가 어른이 되면 아무도 너에게 양보를 안 해줄 거

야.

- 나는 안 늙어요.

- 안 늙는다니!

- 우리는 곧 다 죽어요.

* 스베틀라나 알렉시예비치, 『체르노빌의 목소리』(새잎, 2011.) 중에서

자본주의

언젠가는 오겠지.
떠도는 구름
피는 꽃
부는 바람
내리는 눈에도
돈을 내라는 날이 오겠지.

언젠가는.

2부

논물

봄비 오고 논에 물이 실렸다.

올챙이들이 개구리가 되어 떠나가고
논이 비자
제 모습에 반한 왜가리들이
종일 쓸데없이 난다.

한나절 산이 쉬다 가면
하늘이 내려와 구름을 부려놓고
누이의 댕기색 같은 제비꽃들
논둑에 모여 앉는다.

논물 때문에 울던 사람들이 있었다.
나도 거기서 왔다.

해와 달은 쉬지 않는다

주 오일제가 된 지 언젠데

세계의 닭들은 토요일에도 알을 낳고

비는 일요일 새벽에도 온다.

땅은 끝없고 나라가 땅마다 가득해도

하늘에서 내려다보면

거기가 거기고 그날이 그날이어서

고래는 주말에도 새끼에게 젖을 물리고

사과는 아무 날에나 낯을 붉히며 익는다.

아름답다는 것은

왜가리 청둥오리 물떼새 직박구리 개개비, 이들은 내가 자주 가는 천변에 모여 사는 새들이다.

이 중 가장 아름다운 것은 단연 백로다.

다른 새들은 무슨 일이 있어도 철 따라 옷을 갈아입고 갈대숲이나 모래톱에서 떼지어 사는데 백로는 언제나 희디흰 옷을 입고 혼자 놀다가 작은 기척에도 소스라치게 놀라 하늘 높이 날아오르고는 한다.

아름답다는 것은 위험하다는 것이다.

절대고독을 위하여

꽃 사진을 찍으러 산천을 헤매는 선배는 이형이 시인
이니까 하는 말이라며 이 꽃에는 이 꽃에만 오는 나비
가 있어요 그러니까 이 꽃은 오직 그 나비를 위해서 꽃을
피우고 그 나비는 이 꽃을 그리워하다 생을 마치는 거
지요 하며 바람 같고 구름 같은 꽃씨 몇 개를 주고 갔
다. 그러나 이 커다란 도시 한 귀퉁이 손바닥만 한 나의
화단에 한 번도 와본 적이 없는 나비를 위하여, 그리고
오지 않는 그를 기다릴 꽃을 위하여 봄이 다 가도록 나
는 꽃씨를 묻지 않았다.

무씨는 힘이 세다

무씨는 처서 전에 땅에 묻지 않으면
가을이 다 가도 밑이 들지 않는다고 한다.
그러나 밑이 들고 안 들고는 무 맘이다.

땅에서는 귀뚜라미 등에 업혀 오고
하늘에서는 뭉게구름 타고 온다며
어떤 시절을 처서라고 부르는 것은
사람이고, 사람밖에 없는데

멀쩡한 천지에 금을 긋고
그 이후와 이전을 따지는 것은
생명의 질서를 엿보는 일이다.
그러나 무씨는 처서를 겁내지 않는다.
아무리 거대한 지구라 해도

모래 알갱이만 한 그를 당할 수는 없다.

무씨는 힘이 세다.

그 나라

벼 팰 때는 들에서 단내가 난다.
땅이 용을 써서 그렇다.
아직도 봄에 씨를 묻고
가을에 노래하는 사람들이 있다.
어디엔가 이런 옛날이 있어
케케묵은 나는 좋다.
우리끼리 말이지만
볍씨 한 알을 묻으면 수백 개 쌀알이 된다.
흙에서 나는 건 다 그렇다.
거의 횡재이지만
아직도 이걸 모르는 사람이 많다.
그래서 농사라는 게 신비하거나
비밀스러운 것이다.
나는 그 나라에서 왔는데

벼 팰 때는 들에서 밥내가 나고
밥내를 맡으면 힘이 난다.

지구 안녕

한겨울 버스 터미널 구석 컴컴한 곳에서 사람들이 담배를 피운다. 내몰린 사람들이거나 마지막 우수의 자식들,

공기 청정기에 독이 든 가스를 넣어 수천 명을 병들게 하고 죽이는 기업들은 여전히 성업 중이다. 가자(Gaza Strip)에서는 이스라엘의 아름다운 미사일이 팔레스타인 사람들의 씨를 말리고, 방사선 오염수를 태평양에 쏟아붓는 일본의 눈치나 보면서 지구야,

고작 담배 연기에 병들고 하늘이 그슬린다고 사람을 내모는 가엾은 지구야.

사랑한다 뻐꾹아

초가을에 집을 떠난 너는 서해를 건너 중국 남부를 횡
단해서 미얀마와 인도 남동부에서 잠시 휴식을 취하고

다시 아라비아해를 건너 소말리아에 상륙하여 며칠
쉰 후 11월 말에 아프리카 동남부의 탄자니아와 모잠비
크 등지에 도착하여 겨울을 나고는

그 길을 되짚어 다음 해 2월 중순이 되면 살던 숲으로
돌아온다는데* 올겨울은 왜 이렇게 더디 가느냐 뻐꾹아.

* 조호근의 「낯선 뻐꾸기를 만나는 법」(『현대문학』 2023년 7월호.)을 참고함.

하늘호수

길바닥

소 발자국에 고인 빗물에도

구름이 지나가고 밤하늘의 별이 비치고

이름 모를 벌거지들이 산다.

버섯의 노래

나는 숲속의 노숙자,

비와 바람의 자식.

집도 아내도 없이

나뭇잎 그늘 몇 방울 이슬의 집에

잠시 쥔을 들고

밤이면 별을 헤다 가는

나는 저 우주의 나그네.

수국

동네 빵집 마당에 수국이 폈다.

애들 숟가락총 같은 꽃잎이
겹겹이 에워싼 집채만 한 꽃송이들이
어렵게 공부해 크게 된 아이처럼

동네가 다 훤하다.

치자꽃은 희다

치자나무가 죽었다.
빈방에 분을 들여놓고
겨우내 들여다보지 않았더니
수의를 꺼내 입은 것처럼
푸른 잎을 그냥 단 채 분연히 죽었다.
비 오는 날 지붕에 떨어지는 빗소리나
벽 하나 너머 우리 식구 밥 먹는 소리를 들으며
무슨 생각을 안 했을까.
치자나무가 죽었다.
신음소리도 없이 존재를 다 써버리고는
뒤도 안 돌아보고 갔다.
나는 그를 묻었다.
그의 몸속 깊이 묻어주었다.
치자꽃은 희다.

죽은 치자꽃은 더 희다.

시인 노트

시인은 대체적으로 작고 보잘것없거나 잊혀져가는 것들의 이름을 불러주고 집을 지어주고자 하는 사람들이다. 혹은 예고도 없이 찾아오기도 하고 말없이 떠나가는 것들에 대한 영접과 이별의 의식을 치르는 자들이기도 하다.

왜 그러는지 알 수 없지만 메마른 길바닥에 기어나와 개미떼에게 자신을 내어주거나 먼지가 되어 사라지는 지렁이에게 제발 그러지 말라고 전하고 싶다.

시인 에세이

산토끼들은 다 어디로 갔을까!

1.

나는 조상으로부터 산천을 물려받았다. 농사하는 집
에서 나고 자랐으므로 내 안에는 자연과 더불어 사는
사람들의 문화와 정서가 스며 있다는 말이다. 그러므로
나의 시에 산천과 거기 살던 사람들의 노래와 말이 들
어있는 것은 자연스러운 일이다.

어쩌다 고향에 가면 들과 산골짜기에 그때 사람들이
그렇게 탐내고 부러워하던 논밭이 그냥 버려져 있거나
숲이 되어 있는 걸 볼 수 있다. 나는 그게 너무 아깝다.
한때 민족을 먹여 살리던 농토를 함부로 대하거나 방치
하는 것은 예의가 아니라는 생각도 한다. 가뭄에 논물
을 대느라 밤을 새우고 논밭에서 새를 몰던 내가 요즘
세상에 나가 하루 품을 팔면 몇 달 먹을 쌀값을 벌어오기도 한다. 그렇다고 내가 더 행복해진 것은 아니다.

　이를테면 나의 문학에는 대체적으로 농경적 삶과 일의 노래가 배어 있는데 나는 그것을 전통정서라고 부르기도 하고 민족정서라 생각하기도 한다. 그러니까 내 시의 바탕에는 산과 강 농토와 노동, 밤새 촛불을 치켜들고 송아지 나올 때를 기다리던 어린 시절이 들어 있어 내가 무엇을 노래하든 내 시의 배후가 되어주는 것이다. 나아가 나는 산천의 무진장한 원료를 그냥 가져다 쓰기 때문에 그것이 바닥이 날 리도 없고 비용이 들지도 않는다. 그것이 나의 문학이자 삶 자체라고 할 수도 있는 것이다.

　　나는 나의 생을

　　아름다운 하루하루를

　　두루마리 휴지처럼 쓰고 버린다.

　　우주는 그걸 다시 리필해서 보내는데

　　그래서 봄을 해마다 새봄이고

　　늘 새것 같은 사랑을 하고

　　죽음마저 아직 첫물이니

　　나는 나의 생을 부지런히 풀어 쓸 수밖에 없는 것이다.

- 이상국, 「리필」, 『어느 농사꾼의 별에서』(창비, 2005.)

2.

북극곰은 자연에서 흰색을 골라 입었다. 산천을 돌아
다니며 이것도 입어보고 저것도 입어보는데 오랜 시간
이 걸렸을 것이다. 그가 흰옷을 입고 끝없는 설원이나
빙판을 터덜터덜 걷는 걸 보면 아름답고 경이롭다. 그
러나 빙하는 녹고 먹이 사냥은 점점 어려워진다고 한
다. 어쩌다 사냥감을 놓치고 새끼들을 데리고 먼 데를
바라보는 모습을 보면 안됐다. 만약 그가 서너 달 겨울
잠을 자지 않는다면 지금보다 더 살기 어려웠을지도 모
른다. 그러나 지금은 곰을 걱정할 때가 아니다. 자연이
질서를 잃어버리면 그다음은 인간의 시간인 것이다.

스콧 니어링은 자연은 지칠 줄 모르고 끈덕지고 무자
비하다고 했다. 이는 노자의 천지불인(天地不仁)과 같은
말이다. 그는 천지 운행의 생명력과 질서를 도라고 하
고 인간이 그 질서를 따라 자연스럽게 사는 것을 최고
의 가치로 여겼다. 그리고 도는 가득 차면 돌아간다고

했다. 가득 찼다는 것은 비워야 하는 것을 의미하는 것이다.

어느 날 자공이 길을 가다가 우물에서 힘겹게 물을 길어 밭에 물을 대는 농부를 만나 용두레를 사용하면 손쉽게 농사를 지을 수 있을 텐데 왜 그렇게 힘들게 하는가를 물었다. 그러자 농부는 기계가 있으면 기계를 쓰는 일이 있게 마련이고, 기계를 쓰는 일이 있으면 반드시 기계의 마음이 생겨난다고 대답한다. 『장자』에 나오는 이야기다. 이는 유위와 무위에 대한 상징성도 있으나 기계의 마음이라는 게 이익이나 성과 때문에 인간 본연의 자연스러운 마음을 어지럽히는 것을 의미하는 것이고 보면 인류는 이미 기계의 마음으로 산 지 오래되었다. 거기서 더 나아가 세계의 창고는 전쟁하는 무기로 가득한 게 현실이고 지구의 여기저기가 전장이고 보면 인류는 무기의 마음으로 가득하다고 할 수 있을 것이다.

우리가 사는 지구별은 문명이라는 또 다른 야만으로 무거워지고 더렵혀졌다. 그러나 우주적으로 보면 지구는 아무런 사심 없이 돌고 그러한 일 또한 인간이라는 아주 미소한 종의 소꿉놀이 불과한 것일 수도 있다.

3.

　지난겨울 내가 사는 영동지방에는 많은 눈이 내렸다.
그러나 근교 야산 어디를 가도 산토끼 발자국 하나 볼
수 없었다. 산토끼는 다 어디로 갔을까?

발문

바람 같고 구름 같은 꽃씨 몇 개

안상학(시인)

　오직 어느 한 나비만을 기다리며 피는 꽃이 있다고 한
다. 오직 어느 한 꽃만을 찾아다니는 나비가 있다고 한
다. 그 나비의 그 꽃이요, 그 꽃의 그 나비다. 둘은 일생
일대의 유일무이한 짝이다. 여느 꽃과 나비와는 달라도
너무 다르다. 사람의 눈에는 애절하기 짝이 없고 사람
의 마음에는 애틋하기 짝이 없다. 지고지순하다. 천 개
의 봉우리에 만 가지 꽃이 핀들 무엇하며 만 개의 화원
에 천만 마리 나비가 난들 무슨 소용이 있겠는가. 네가
없으면 내가 없고 내가 없으면 네가 없다. 너는 나고 나
는 너다. 최소 단위의 동체대비(同體大悲)를 이루며 크고
도 슬픈 사랑을 나눈다. 그 꽃과 나비는 해와 달, 온갖
뭇별과 더불어 이 지구별에서 자강불식(自彊不息)하며
종족 보전을 해온 눈물겨운 존재들이다.
　어느 날 시인은 우연하게도 지인으로부터 그 '바람 같

고 구름 같은 꽃씨 몇 개"(「절대고독을 위하여」)를 받는다. 아울러 위와 같이 눈물 같고 이슬 같은 꽃씨의 내력을 전해 듣는다. 시인은 평소 산과 강, 나무와 풀, 그리고 온갖 날짐승과 길짐승과 물짐승을 한 몸인 듯 사랑하는 성정을 지녔다. 그런 그에게도 이 꽃씨는 썩 달가울 수만은 없는 실정이다. 비록 "도시 한 귀퉁이 손바닥만 한 (…) 화단"을 소유하고 있지만 그 씨의 거처가 되기에는 부적합하다는 판단이 섰기 때문이다. 제아무리 이 꽃을 사랑하는 나비라 할지라도 이 차고 낯선 곳까지 찾아올 리 만무할 것이 아니겠는가. 그렇다면 또 꽃은 무슨 죄가 있어서 오지 않을 나비를 기다리며 한생을 속절없이 눈물로 보내야 하겠는가. 생각할수록 꽃씨를 더 여밀 수밖에 없는 불인지심(不忍之心)에 사로잡힌 시인은 결국 "봄이 다 가도록(…)꽃씨를 묻지 않았다." 이렇듯 이상국 시인의 시의 중심축인 측은지심(惻隱之心)은 이번 시집에서도 여실하다. 시집 곳곳에 측은지심은 사랑으로 변주되며 시의 근골과 혈육에 생명력으로 생동한다. 아프고도 다정하다. 눈물겹고도 따뜻하다.

이상국 시인이 근 오십 년을 끌어온 시의 수레에는 두

개의 정서적 바퀴가 장착되어 있다. 한쪽은 대자연의 숨결에서 체득한 정서이고 또 한쪽은 농경사회에서 잔뼈가 굵은 정서이다. 두 개의 정서적 바퀴는 두 개의 사랑을 지녔다. 지구상에 존재하는 모든 것은 하나로 이어져 있다는 대자연적 공동체 인식에서 생성된 사랑이 그 하나요, 내남없이 서로 나누고 도우며 살았던 농경사회의 공동체 삶에서 체화된 사랑이 나머지 하나이다. 이 둘은 하나의 강고한 사랑의 굴대로 이어져 있다. 시인은 각기 두 개의 정서와 사랑으로 중무장한 시의 수레를 끌며 걸어온 인생 노정에서 만난 인간사, 세상사에서 건져 올린 서사를 하나하나 시의 수레에 거두었다. 그리하여 시인은 그때마다 정서와 사랑과 서사를 버무려 한 몸, 한 몸 시로 빚어냈다. 그 시들의 얼굴은 맑았으며 마음은 아름다웠다. 인생 여정의 굽이굽이마다 부려놓은 시집들 속의 시들이 여실한 증거이다. 이번 시집도 다르지 않다.

세상의 모든 큰 가르침들이 마르고 닳도록 강조한 것은 사랑이다. 기쁜 사랑도 사랑이지만 그보다는 슬픈 사랑에 항상 방점이 찍혀 있다. 기쁜 사랑은 누구나 할 수 있지만 슬픈 사랑을 실행하기란 쉽지가 않다. 다 아는 이야기이지만 가난한 사람과 함께 할 수 있는 길은 다 버리고 함께 가난해지는 것이 진정한 사랑의 길이라고 한다. 신영복의 서화에서도 알 수 있듯이 비를 맞고 있는 사람과 함께 할 수 있는 길은 우산을 씌워주는 것도 아니요, 우산을 빌려주는 것도 아니요, 그렇다고 거저 주는 것도 아니다. 이러한 마음은 다분히 시혜적인 입장이다. 진정한 사랑은 "함께 맞는 비"다. 그것이 이 세상에서 진정한 수평적 사랑을 구현해내는 길이다. 그렇게 했을 때 이 세상은 평화와 평등의 진정한 평원 세상을 이룩할 수 있다. 그 길을 걸었던 사람들은 대개 피와 목숨을 얼마간 내놓았다. 그들을 일컬어 우리는 성자니 성인이니 의인이니 따위의 수식어를 붙인다. 그만큼 고난이 뒤따를 수밖에 없는 것이다. 시의 수레를 끌고 가는 시인의 눈과 마음은 여기에서 한 치도 벗어나지 않는다.

길바닥//소 발자국에 고인 빗물에도//구름이 지나가고 밤하늘의 별이 비치고//이름 모를 벌거지들이 산다.(「하늘호수」전문)

『맹자』에 '세상의 모든 강과 바다와 같이 큰 물도 장마 끝에 길바닥에 생긴 웅덩이의 작은 물과 다르지 않다[河海之於行潦類也]'는 말이 나온다. 물론 공자의 초월적 인물을 설명하기 위한 비유이지만 의미심장하다. 세상 모든 만물은 한 부류로 평등하다는 말이다. 비록 근원이 있는 강과 바다와는 달리 길바닥의 "소 발자국에 고인 빗물"에 지나지 않지만 쓰임은 같다는 인식의 표현이다. 이 시는 사랑의 눈으로 보면 세상 모든 만물은 평등하며 하나로 연결되어 있다는 것을 발견하는 지점에서 나왔다는 것을 알 수 있다. 이상국 시인의 수레에서 빚어진 시들이 지니는 공통적인 얼굴의 형상이며 내면의 심상이다. 세상의 어둡고 낮고 축축하며 외진 삶의 서사들을 끌어올려 밝고 높고 다사롭고 더불어 사는 삶의 온기를 불어넣어 세상에 부려놓는다. 그의 시가 놓이는 인생의 굽이굽이 삶의 현장마다 따뜻한 기운이 감도는 까닭이다. 그의 시력 오십년사의 핵심이다.

이 세상에 존재하는 모든 슬픔의 근원은 사랑에서 비롯된다. 사랑이 훼손되는 자리에 그만큼의 슬픔이 생성된다. 인간의 사랑을 슬픔으로 바꾸는 것은 크게 두 가지다. 하나는 하늘의 불인(不忍)한 순환구조가 초래한

운명, 혹은 천재지변 따위에서 비롯되는 것, 또 하나는 인간 세상의 욕망이 초래한 인위적인 갖은 폭력에 의해서 비롯되는 것이다. 슬픔은 고통을 수반한다. 동시에 고통에 찬 슬픔을 극복하려는 의지 또한 생성된다. 슬픔이 다만 슬픔에게 굴복당하지 않고 사랑을 회복하려는 것이 슬픔의 힘이다. 그것은 시의 힘이기도 하다. 이상국 시인이 시의 수레를 끌며 일관되게 노래해온 주제 음률이다. 그의 시의 수레에서 이 세상에 부려지는 이번 시집 또한 다르지 않다. 슬픔을 온전한 사랑의 자리로 되돌려 놓으려는 애씀의 결실이다. 감지되는 눈물의 냄새가 자못 담백하고 향긋하다. "벼 팰 때는 들에서 단내가 난다. (…)벼 팰 때는 들에서 밥내가 나고/밥내를 맡으면 힘이 난다."(「그 나라」). 세상의 "금 간 사랑/남모르는 상처들.//아, 씻은 듯이."(「씻은 듯이」) 치유하는 처방전으로 고스란하고 오롯하다.

이상국에 대하여

이상국 시인의 집은 『집은 아직 따뜻하다』는 작품 한 편 한편이 잘 정리되어 있는 완성도 높은 시집이다. 말에 삿됨이 없고 소박하지만 격조와 긴장감을 유지하고 있다. 갈래로 치자면 농경적 정서에 뿌리를 둔 민중시에 해당하겠지만 이런 종류의 다른 시집들과는 여러 가지 점에서 구별된다. 우선 너스레가 없으며, 우리에게만 익숙한 특수 정서에 기대어 늘 동의를 호소하는 듯한 상투적인 말투를 둘러쓰지 않는다. 이 시집은 농촌시의 격조를 높였으며 그 틀과 내용에 변화를 주어 좋은 방향 하나를 지시한다. 이른바 모더니즘 계열의 시에서 개발된 시법들을 잘 체득하여 예기치 못한 주제에 적절히 사용하고 있다는 점도, 도(道)나 선(善)을 말함이 없이 종종 선의 경지에 들어서고, 비근한 주제를 고졸하면서도 고양된 어조로 처리하는 데 자주 성공하고 있다는 점도 이 시집의 미점이다.

황현산(문학평론가), 제1회 백석문학상 심사평 중에서

이상국 시인의 시의 심장 부위는 착하고 유순한 우수(憂愁)다. 세상에서 이겼기보다 패한 쪽이면서 아량과 용서의 상을 차려 세상에 대접하는, 그런 유의 우수를 절

실히 받아 느끼고 공감하게 된다.

김남조, 제24회 정지용 문학상 심사평 중에서

향토의 서정과 서민의 삶에 뿌리내린 이 작품들은 남성적 어조의 소박한 육성을 들려주고, 이 시인 특유의 진솔한 시세계를 형상화하여, 친숙하게 읽히고 폭넓은 공감을 자아낸다.

김광규(시인, 한양대 명예교수), 제2회 박재삼문학상 심사평 중에서

이상국 시인의 언어는 그 지배 언어의 폭력적인 힘에 맞서서, 그러나 너무나도 의연하고 꿋꿋하게 진검의 승부를 펼쳐 보이고 있는 독백의 언어이다. 그의 독백의 언어는 염세주의자의 언어도 아니고, 아무런 반향의 효과도 없는 혼잣말도 아니다. 그의 언어는 이 세상의 순리를 믿어 의심하지 않는 자연의 언어이면서도, 동시에, 그 언어의 감옥을 벗어날 수 있는 희망의 언어이기도 한 것이다.

반경환, 「침묵의 언어와 독백의 언어」(《계간 시작》 통권 제13호)

그의 화폭을 들여다보면 기승전결이 뚜렷한 선비의

한시를 읽는 것 같다. 때로는 간결한 정신주의자의 면모가 엿보이기도 한다. 한가롭고 태평하듯 보이지만 그의 심사는 편치않다. 배배꼬인 현실이 슬프고 제 잇속을 챙기는 장사꾼이 싫은 것이다. 그가 좋아하는 것은 해 질녘의 어스름한 허무와 벗들과 돼지껍데기 안주로 떠들며 소주를 마시는 일과 눈먼 멸치를 넣고 끓인 근대국이다.

안도현, 『저물어도 돌아갈 줄 모르는 사람』(2021, 창비) 추천사 중에서

K-포엣
버섯의 노래

2024년 10월 31일 초판 1쇄 발행

지은이 이상국
펴낸이 김재범
펴낸곳 (주)아시아
출판등록 2006년 1월 27일 제406-2006-000004호
전자우편 bookasia@hanmail.net

ISBN 979-11-5662-317-5 (set) | 979-11-5662-718-0 (04810)

금기와 욕망 Taboo and Desire

바이링궐 에디션 한국 대표 소설 set 6

운명 Fate

미의 사제들 Aesthetic Priests

식민지의 벌거벗은 자들 The Naked in the Colony

바이링궐 에디션 한국 대표 소설 set 7

백치가 된 식민지 지식인 Colonial Intellectuals Turned "Idiots"